言花

魏如萱 著

中国友谊出版公司

§index

§index

若醃漬食物是為了延長保存期限，
那麼這本書是時候可以吃了。

[illegible]

§1

有许多快乐是只能在忧伤中得到的

晚安晚安 §2

确定《晚安，晚安》是演唱会名称之后，

蓝色小精灵（摄影师）在我电台下班后冲来我家，

我丢出几个形容词和情境，

我认为他已经完全明白我想说的了，

他也零碎地说了他想说的，

我们就在一种完全信任的默契里，

凌晨三点，拍完两卷底片，

那台相机也是第一次高强度连续使用闪光灯，

洗出来的结果，是我们都非常喜欢这些照片。

没有化妆的原因 / 睡觉化妆……很做作吧。

大量闪光灯 / 梦就是在一个一个的闪光里被串起的。

保鲜膜 / 那是一种被梦制约的意象。

红色 / 脑。

太白粉 / 时间落下的尘埃。

他们为我计算了十二年的时间，
一听到十二这个数字，我自己都惊讶了，
未成年到现在即将迈向三十岁，
有点不好意思了起来，
我到底做了什么？好像什么也没做。
那些曾经锥心刺骨的感受，
也都成为现在想起会微笑的经历了。
真的，那么久了。

在拍完相片后我写下日记 / /

梦，像在街边被丢弃的纸箱，

那些被做过的梦、尚未被梦见的梦、重复的梦，
都被维持在一个短暂的闪光里，
却也可能永久存留在记忆里影响清醒时的情绪。

“当你觉得在梦里飞起来的时候，
其实是继续更沉沦在梦里面。”

这个梦做了十二年，
曾经以为自己醒来了，
但这个梦在别人的梦里继续被梦，
梦，熟了；红色的，梦。

“不是我一个人在做梦，
他们都跑来我的梦里和我说晚安。”

晚安，像令人着迷的红茶香气，
晚安，透明又令人束缚的习惯。

然后，天又亮了。
我就是我，任性又固执又他妈的胆小加爱胡思乱想。
（我很少讲他妈的，只是想加重语气自嘲胆小罢了。）

我没化妆的时候，
就是看来有点不太健康的样子，
瑕疵也是我，自然卷就是我天生的发型，
有小腹没有腰的身材，混合性敏感肌肤，
我，卸下艺伎的红唇，我，是平凡的人。

外表，会像尘埃一样过去，

眼神，却怎样也骗不了人。

我的声音、我的创作、我的生命，
都是有瑕疵的过程，
这就是我，你们喜欢的我的样子，
我接受自己，我是魏如萱。

晚安，晚安。

我离不开离开小姐 §3

我是魏如萱。

我曾经是一个没有名字的角色，在台上走来走去像是个迷路的影子，围绕在左边乐团的左边。

我曾经是别的绘本《森林里的秘密》、《谢谢你毛毛兔，这个下午真好玩》里那个不喜欢说再见的小女孩变成的天气小姐再变成的老太太，这个角色围绕着死亡，毛毛兔教会我如何面对说再见。

我曾经是一个失明的盲女，像优雅的刺猬般在充满想象的《地下铁》里用耳朵听世界，我把盲女演得很像自己，我觉得自己就是她。

我曾经是离开小姐，我现在还是离开小姐，离开小姐不知道要跟着我到什么时候，真的有好几次想放弃她，因为这位小姐好难驾驭，直到现在还是会有点害怕要戴上红帽子、害怕遗憾先生脱下风衣，因为那代表着比浓缩咖啡还要浓缩的爱必须得瞬间加满。

说到固定几句台词的时候已经会想哭，这是种奇怪的感觉，仿佛离开小姐就住在我的身体里，我只能放空和放松让她发挥，若想得太多，离开小姐就会歪歪的。

歪歪的离开小姐仍然歪歪的，上个星期我不小心笑场了、不小心唱错歌词的时候竟然在心中窃喜，因为那才是魏如萱，但问题是我不可以是魏如萱啊，我是多么喜欢翻译的离开小姐，哎呀！真糟！

遗憾先生是一块木头，他可以吸收我丢给他的任何情绪，然后不理我，可能偶尔会长个小香菇，但还是一块木头，一块保护我的木头。

理性的台词要感性地演，理性的走位要感性地唱，理性与感性之间，哪一天我能轻易地找到开关？

我离不开离开小姐。

读　§4

读，像手机上的信号 /

有时候 / 收不到

有时候 / 满格

有时候 / 只是没电

有时候 / 关机

读，再多也读不出你的心

/ / / / /

公主　§5

电台门口风很大，因为连续假期路上没什么车，等出租车等了很久，终于有车来了。

车门打开的瞬间，我："啊！好冷哦！"

司机："公主病！"

我以为我听错："啥？"

司机："你有公主病！"

我："哦，有公主两个字，哈哈哈哈哈，蛮好的！"

我完全忽略"病"字，接下来司机说了一堆什么我都听不见了，我只记得我是公主，Bye。

秘密仪式 §6

寄给他的明信片不是没收到，

就是我把地址写错，

就当作叶子离开树枝后再也粘不回去的无奈吧，

邮差先生早就习惯收集那遍地的落叶，

在我们睡觉时进行一场又一场的焚烧秘密仪式。

怕黑　§7

有时候，不明白自己为何怕黑……

连关灯这个小动作都需要勇气。

有时候，会怕黑怕到不敢洗头，

吹头发，耳朵就会暂时听不到。

有时候，明明很累，很想睡觉，

可是就是会睡不着，我睡不着。

我传了“我不敢睡觉”给几个人，

他们应该都已经睡着了，

睡不着，突然觉得是自己的错。

后来我在沙发上流了几滴泪，

都快三十岁了怎么还这么胆小，

是不是有一点好笑……

可是我却　点点都笑不出来。

平时我都很勇敢的，

但是突然很想不勇敢一下下。

吴哲先打来了，他跟我一样没用，

他也睡不着，他还跑去崔香兰家睡觉，
我们半夜拿着手机用 FaceTime 一起读诗篇，
读到我勇敢地去关灯，勇敢地走回房间，
读到我们都很想睡觉了，还继续在讲话。

天亮了，我们也逐渐失去生气，
我们又勇敢地把房间的灯都关掉后，
我们终于说了晚安，挂上电话，
因为一样胆小，我们一起读《圣经》，
因为一起失眠，我更爱他们两个了。

P.S. 还好乔布斯先生有发明高科技的 FaceTime。

小鱼　　§8

如果我是一座山 你不能说来就来 说走就走

如果我是一块饼干 你不能假装吃的是巧克力

如果我是小鱼 我会游去哪里

如果你是我 会知道我多希望你爱我 别走

我不是高山 却头痛了你

我不是巧克力 融化不了你

我不是你 习惯幽默习惯忘记

小鱼啊小鱼 不要说对不起

我们可以一起 一起动来动去

研究日常生活令人满意的即兴

我们可以一起 一起排列更新

用尽全力抚摸抒情以外的了不起

我们可以一起

可以一起我们一起我们可以

我喜欢你 §9

你的身上有一股鲜奶油的味道

即使你没有洗澡

只要待在你身边

时间会变得软软的

融化速度只比冰激凌慢一点点

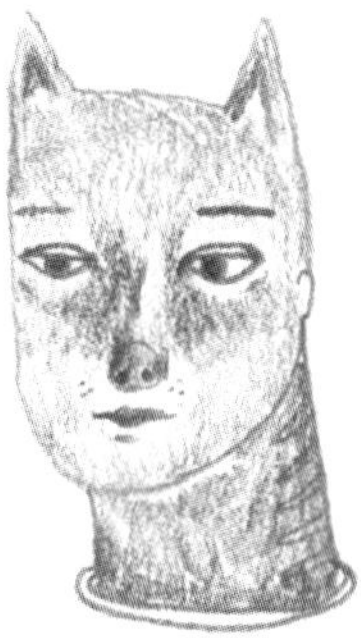

艳星 §10

早期的艳星大多会抹上红唇，我欣赏这种大方的表白；

艺伎和花魁不同，艺伎只卖艺不卖身，

艺伎的浓妆和红唇只不过是在舞台上的面具，

那代表了某种保护的意味，同时她们也是会说故事的人，

她们懂得让自己成为旁观者，说着自己的故事又要唱着自己的歌，

在不允许哭泣的场合。

在不允许哭泣的场合里，我会把自己的情绪先打包起来，

等到工作结束后，再独自从冰箱里拿出之前打包的厨余开始哭泣。

我形容“不允许哭泣的场合”是标本，因为标本能让记忆隔离时间。

标本的心虽然不再跳、血不再流动、肉也一起和心和血都被掏空了，

但是制作标本，除了能让死亡不存在坟墓里，

也让停止的生命用另一种方式继续活着。

艳星露出迷人的肩膀和肌肤，那种勇敢的性感，

我仿佛让自己在歌词里裸体了，

我也尽力地摆出高难度的姿势在每首歌的声音里；

我像艺伎如同旁观者般地说着的是自己心碎的故事，

唱着的是自己的眼泪，讽刺的是连快乐都好像也是别人的。

不允许哭泣是种惩罚，但在跌倒的那一刻也就学会了站起来，

我闭上眼，没有哭，我在许愿。

葬礼 §11

我偶尔会想象自己的葬礼，

一定要是 Martin Margiela 那种连素色都经过漂白般的干干净净才可以，

我比较喜欢右脸的相片，我喜欢的花是棉花还有尤加利，

或许来的人都穿灰色的衣服然后不要喷香水，

可以说故事给我听吗？多陪我一下下，一下下就好，我不喜欢再见。

歌在完成的那一刻，也代表故事已经说完了。

故事散裂成一个一个的文字、燃烧成一粒一粒的音符，

光在黑暗里被分开了是流星划过的瞬间，

于是我们有了一首又一首新的旋律，在星星死掉的那一刻发声。

当太阳光在天空行进，遇到天空中细小的水滴时，

光线会被折射进入水滴内，由于不同“颜色”的光线弯曲的程度不同，

于是水滴内不同颜色的光线便被分开了。

当光线第二次遇到水滴与空气的边界时，大部分的光线会很快又折射出去，

但少部分在水滴内经过一次反射的光线，

在第三次遇到水滴与空气的边界时，

部分被折射出去的光线会形成 “虹”，又被反射回水滴内的光线，

在第四次遇到水滴与空气的边界时折射出去的光线会形成“霓”。

光——电磁波与彩虹的形成。

我们都在不允许哭泣的场合里，把眼泪折在一起，

再一起弯曲于是又被分开或再一次反射，

原来不哭，就看不见彩虹了。

那天，带一块镜子来好吗?

这样，不管你在哪里，

我们都可以好近好近。

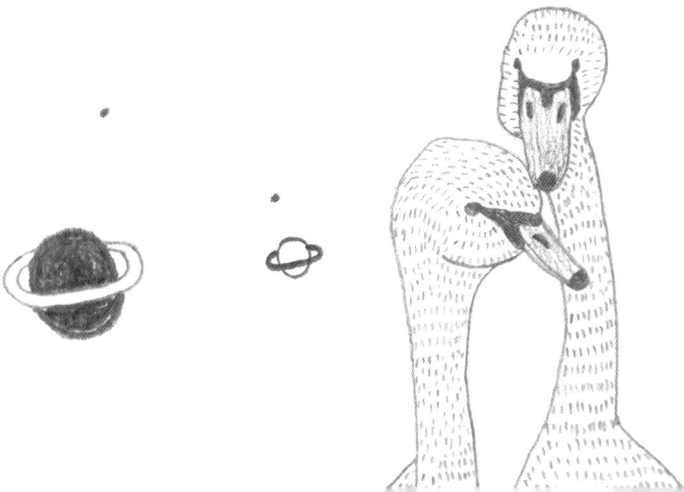

con affetto 色情 §12

混淆生气的黑色 confusione
在沉默的死亡里 scomparsa
褪成亲密的白 bianco
不就是精灵尾巴 wizard
晕眩地迷惑众人 allettamento
一束一片再一层 tangere
粉粉的浓度幻影 concentrazione
偏雾偏亮或翩翩 romantico
失眠的钻石解体 diamante
失误的毒药不乖 veleno
小心地触摸然后 attento
一起留长到地上 lie

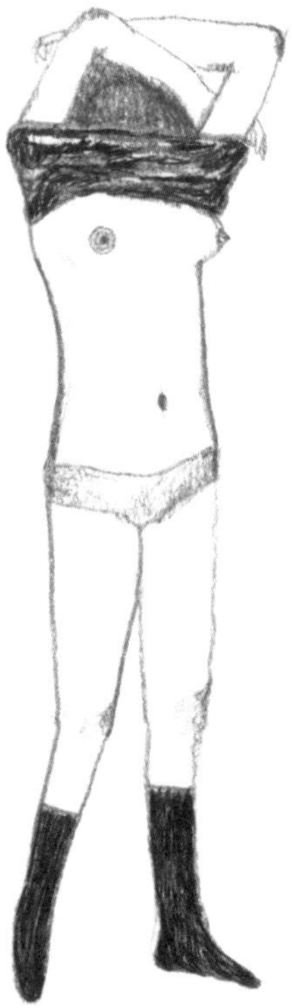

我把快乐穿在脚上 §13

我把 HAPPY 穿在脚上，每走一步都很快乐，不小心跌倒也快乐。

二〇一一　§14

我在一个玻璃屋里检视自己的心，

我的心就像玻璃上有线条盖住了某些区域，

有些部分也透明得如此清晰。

二〇一一年是我最透明的一年。

我的爱毫无保留，爱到都不顾自己了，

却也因此明白自己因为爱而存在。

二〇一一年就要结束了。

在爱的阴影下共存着的那些黑暗附属品，

我学会面对也学会接受。

凌晨一点，我在探班，

整个玻璃屋里充满着五月天 / 不想一个人的旋律，

可是怎么好像 / 突然好想你。

我写完字后肚子痛，

然后回家。

家里出现了一大张纸，

纸上有一个我的样子，

一个不太像我的样子。

《花吃了那女孩》里头的我，突然说话了，

这个年纪有稳定的工作，

但是少了爱情，很容易就觉得，生命空空的……

料理就像谈恋爱一样，

不同食材的搭配，不同的口感……

你的味蕾是最敏锐的感官，

还有散发出来的味道，

就会让你一直，留在记忆……

后来，我们发现……

原来，我们的味道是一样的。

有一点点不一样，

但其实是一样的。

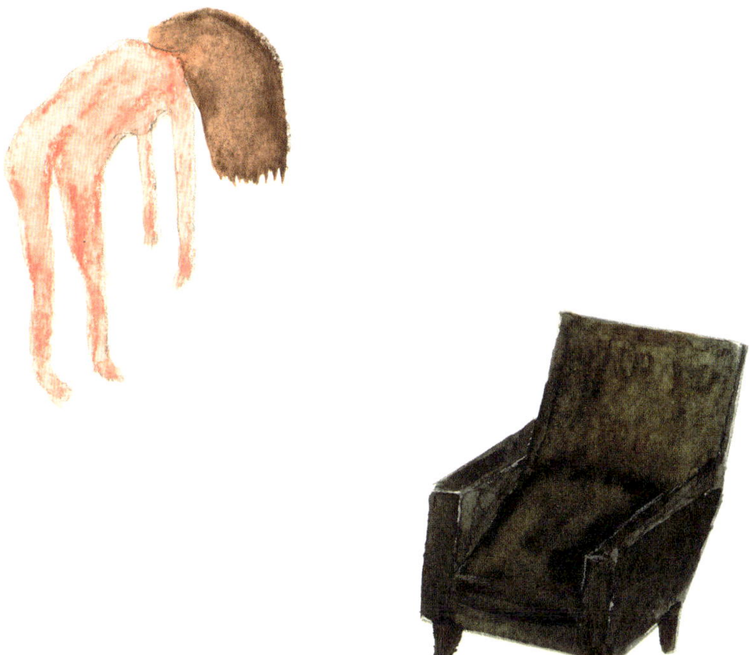

矛盾的小孩　§15

我小学六年级读敦化小学，当时住在光复北路和八德路口附近，每天早上我和妹妹一起走路去上学，走到社教馆的时候就表示再过一个大马路之后，就快要到学校了。

社教馆旁边的 7-11，我和妹妹在那里曾经捡到一只兔子，不知道为什么它屁股一直喷血，我们带它回去给家里楼下的兽医检查，医生说他不懂兔子，某天放学回家后，墙壁上还有血渍，但兔子已经不见了。

在便利商店的隔壁，那时候是一间生活工场，小时候我们都觉得里头的东西很新鲜有趣，常常逛了又逛，我和妹妹还买了透明的幸运石放在身上，深信着石头一定会为我们带来幸运的力量。几年后，我们就搬家了。

也许是因为长大的关系，觉得这条马路变得比以前小，有好多好吃食物的市场还在，可是我最喜欢的温蒂汉堡早就没了，以前每天都路过的社教馆，没想到我长大以后的现在会在城市舞台演出，那些放学后一起走路回家的同学们，现在好吗？他们会不会还记得我或早已忘得一干二净，就像我也想不太起来他们的长相和姓名，毕竟我这个转学生只和他们读了一年就毕业了。

但我永远都不会忘记每天都希望自己快点长大的小时候，那个矛盾的小孩现在长大了，虽然仍是矛盾着的。

蛀牙　§16

我梦到你告诉我你交女朋友了，我说我不想听！我不想知道她是谁！我一直在生气……

醒来之后我不知道自己为什么要生气，有什么好气的，

反正我们已经没有关系了。

我今天去补左下角一颗破了洞的蛀牙，原来在右上角我没发现还有另一颗蛀牙，医生说还蛮深的……

蛀牙都补好了，我现在跟蛀牙已经没有关系了。

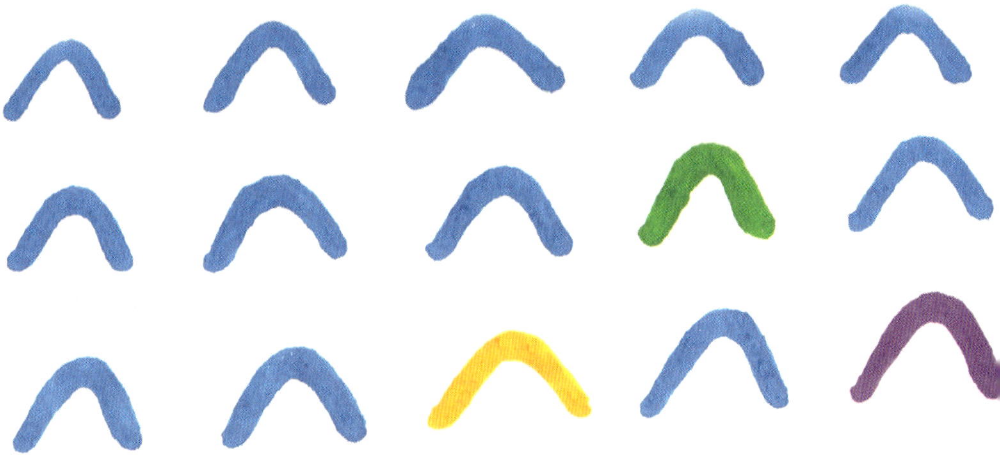

相遇 §17

生命中每一次相遇都是有意义的

meaning is all about we meet

好心情 §18

某个杂志采访问我该怎么拥有好心情?

How to stay in a good mood?

我想了想回答："假装忘记自己心情不好，假久了就变成真的了。"

I try to pretend that I forgot the fact that I feel bad and if I pretend it long enough I really become to loose the negative feelings.

闲话 §19

如果你是一个很爱在
背后说别人闲话的人，
那么很多别人一定也
会在背后说你的闲话。
当大家都在追求气质，
可你却输在没有礼貌。
当个真实的人并不难，
首先你要对自己诚实。

大笑　§20

大笑是特效止痛剂，没有副作用。

大笑能燃烧卡路里，帮助你减肥。

大笑可以身体健康，大家都知道。

我们一起来大笑吧，我笑很大声。

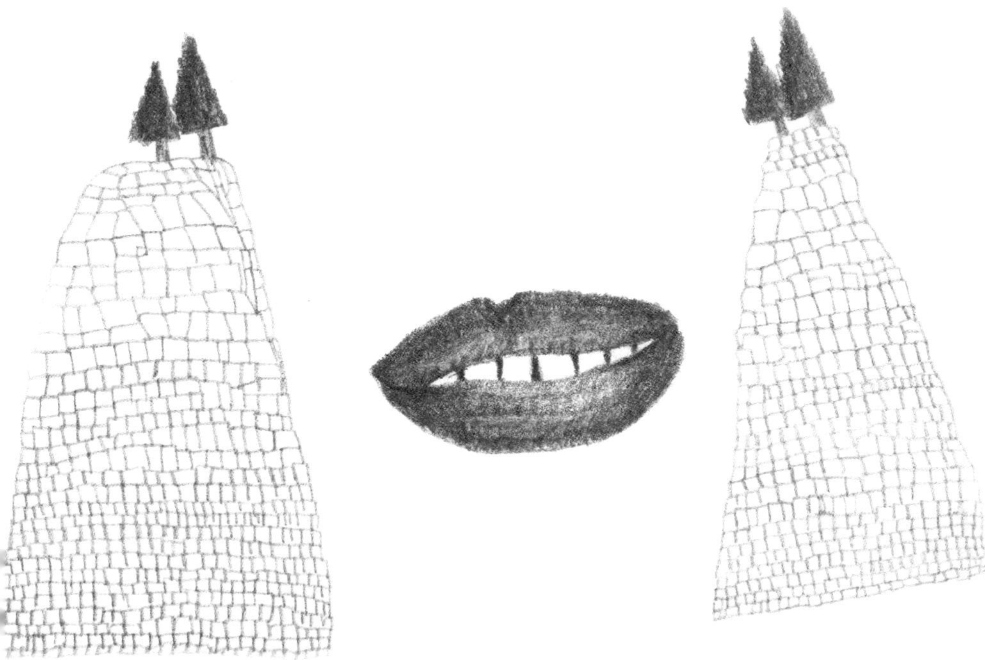

脾气兽　§21

脾气兽没有嘴

它要我们帮它说话

所以不小心就变成乱讲话

脾气兽没有眼白

要我们帮它翻白眼

脾气兽像打地鼠的那个机器

何时跑出来

不知道

坏!

警语：夏天很热，小心乱发脾气。

不要怕倒霉，倒霉的拉链拉开之后就是一份大礼物。

§22

我不是女神，我是女朋友

要不要一起睡觉 §23

do re mi fa so la si do

你的手弹着我的手

45 度 90 度　两个人加起来的温度

多么温柔的愤怒

要不要一起睡觉

为我们浪漫主义运动揭开序幕

让美坠入宇宙尽头

Please slow slow slow

胶囊　§24

我总是想象半空中有许许多多的胶囊，那里头装载着大量的灵感与情感，飘浮着并且不断进行传输的动作。

就像一个池塘，在撒下饲料后一堆鱼疯狂地抢食，但人和鱼不同的是，人看不见胶囊，但“渴望”可以让胶囊迅速补充您的需求，而且先抢先赢，这是关于灵感的部分。会不会是外星人撒下来的呢？用来控制和研究我们的思想。

另一种情感的胶囊，是人与人之间生产出来的，例如我们为别人祝福或是愤怒地咒骂、失望、沮丧、愿望……一个一个的念头都会成为胶囊的内容物。

想念也是。

当你想起某个人的那刻，极度用力地想念的时候，胶囊会装进你的思念，用特别的方式去告诉他“有人在想你”。

那天，他说他在家突然闻到一阵我的味道飘过，但我已经超过半年没有去过那里了，我笑说是他太想我，其实我知道是我很想他，我每天都在想他，即使我们中间很久一段时间都没有见面也没有说话。

终于我想念他的胶囊抵达了，在破掉的那一刻，他闻到了我的味道。

孤岛　§25

在浓雾中飞行的他们见不着彼此，

就以为自己是孤鸟，

其实他们是“你知道我在，我知道你在”的一座岛。

迷失　§26

我不是因为你而迷失在迷宫里，

是我愿意走进去为你迷失自己。

你不是因为我而迷失在迷宫里，

是你硬要闯进来你不记得了吗?

存在　§27

危险，是真实存在的，但“恐惧”，是个人选择。

喜欢，是真实存在的，但“有时”，是自己想象。

时间　§28

时间像是被分割的冰角缓缓在浓茶里释放
越喝越透明，才见识到了生命的景色
望着水色的人们不停穿梭
我倚着波纹向前偶尔打转
或许偶然地擦肩并无绝对的结束
因为短暂的温暖已足以面对冷季
再多谢谢都不及翻译心里真的在乎
愿我们在每个夜晚安稳入睡，晚安

永恒　　§29

永恒也许仅仅存在于从隧道进去再从隧道出来而已，

但是知道的就会知道，不知道的永远也不明白。

因为感受无法被装进罐子里。

虽然我们无法选择过去，但是我们可以选择未来。

或许我们更应该感受的是，每一个现在。

安静 §30

只有安静了，才能听见自己和自己说的悄悄话。

我给你们的，是我的安静。

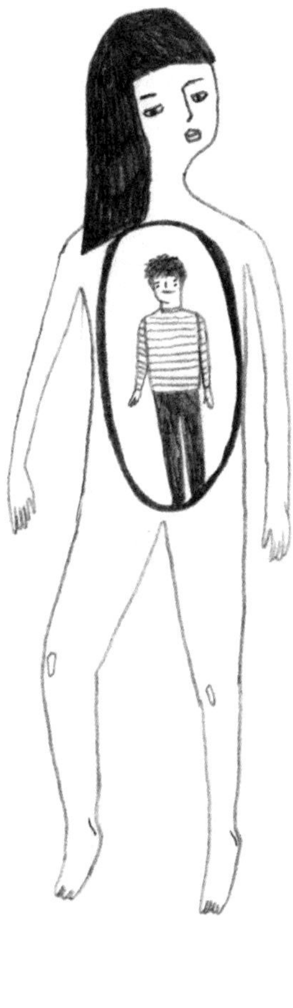

她只喜欢他一个　§31

他喜欢的人很多，

她只是其中一个；

喜欢她的人很多，

她只喜欢他一个。

低调 §32

低调 / 就是常常在你还没来得及察觉的时候，

已经悄悄进入你的理解。

不会倒抽一口气也没有惊吓过度，

像是微糖的红茶般容易入口即化，

然后闻到 / 香香的。

香港 §33

有些人、有些声音、有些味道以及过去的场景不断在我脑海中反复播映，香港总是喂食我过量复杂的情感，像是一下子接收到太多指令即刻就错乱得发热但还不至于当机。

我依然爱着这曾允许我任性的自由，因为自由所以打破我以为的框架，在框架外得以重新建构了自己；我以前穿过舌环，舌头上的洞虽早已复原，现在仍存在着疤痕，而咬字从此已经不同。

我认识的香港人都很优雅，他们就像芭蕾舞者在所有看似柔软的动作下其实非常用力；我在欣赏的同时也试图模仿，只为能更靠近这个有点熟又不太熟的城市。

彩虹 §34

一边刷牙一边发呆，

然后在洗脸盆里看见彩虹，

我就笑了。

钥匙 §35

就用“钥匙”来比喻“喜欢”“被喜欢”的话，我想每个人的钥匙圈上都串着一些只有自己才知道要去哪里才能把门打开的地方。

然而也有那再也打不开的门，在裤子的口袋和背包里还是有着让那些钥匙持续一段很长的时间和其他钥匙一起摇荡的位置。

每日每夜都会有人在生命中开门关门，甚至自己都不晓得哪里还有门开了，又被谁关上门。

你有多久没期待过明天工作的到来 §36

某天有位出租车司机说：“每个人的心都是浮的。”

我问：“怎么说？”

司机从后照镜看着我：“因为有‘期待’！”

他又说：“女生的心里都住着一个小妖怪。”

我皱眉：“小妖怪……为什么？”

他突然像要画重点地加大音量：“女生不管到了几岁，都不想变老！”

其实我不太明白，但又觉得他说的好像有点意思，

也或许他根本只是在胡说八道。

的确我没有一天是没有期待的，

即使对任何想要、将要放弃的一切仍保持休眠状态，

无论大事小事甚至是一种关系，直到想不起来。

是不是要有稳定的另一半就能令人比较期待变老……

我不知道，甚至不确定。

我的工作就是我每天的生活，

每天我期待天亮，然后睡觉，

肚子饿了就要吃，怎能不期待?

我必须期待所以我期待。

我们 §37

若是伤害了别人也等于伤害了自己，

而我们都该开始学习如何爱人如己，

人因为拥有彼此的局部才开始完整，

从此我不是我你不是你，而是我们。

交换故事　§38

我好喜欢听故事，

却从来都没有想过交换故事能成为一种贸易。

的确有些话……

面对着的是陌生人才开得了口吧。

我们都不是数学家，

任何生活、爱情、关系……都无法用数学来计算，

不管是一个人、两个人、三个人或几个人，

有没有正确答案无关惩罚，

有没有公式可能想破头也没有办法……

至少我们还能一起笑、一起哭、一起烦恼，

这就是所谓的“好好的”了。

每个人都曾经是小朋友 §39

我有时会想，如果我的身体没有长大的话，还是可以一直读幼儿园吧，哈哈。

开心对小孩来说就像肚子饿了就有食物吃般地开口，毫无顾虑大笑或大哭，原来快乐的秘密就在笑容里这么简单。

当然不可能不长大或不变老呀，但每个人都曾经是小朋友，只要记得笑并不难也无须被压抑，而哭也不是不被允许，当大人其实很好玩啊。

§40 罗生门

沙哑的喉咙少了你的口水，舌苔味道变得有点苦，嘴里到底也像是个隧道其实也能是黑泽明的罗生门，荒谬的谎言因贪念成了撒满糖粉的软糖般不道德，你知道自己是强盗吗？我想你是而我也算，是，之所以我们互抢。

眼球的肌肉不自觉在微微颤抖，类似爬完山但双腿仍处在亢奋状态中，一个梦尚未做完就紧接着下一个梦会使正在做梦的人紧绷并且短促地呼吸，若梦与梦连接得不完美，掉进缝隙的身体将会启动弹跳的保护机制，不知是黑或白或什么真空的短暂后，便得以见着僵硬的扭曲。

泡面 §41

每个人都会煮泡面，但是要如何把面条煮得软硬适中又入味儿，再依照个人不同喜好调配得好吃？也许需要一点天分，或在被别人嫌过之后不放弃地努力尝试，总是会越来越好吃的。但是好吃并不是最重要的，重要的是为你煮泡面的那个人。

执念 §42

执念 / obsession

似乎有些美好是来自于困扰，然而任性的固执即是我的创作。

浓浓的执着。

老了 §43

最近开始觉得自己有一点点老了，说老了是一种说法，除了外表以及体力的些微变化自身能察觉之外，心里的状态……该怎么说呢？或许是因为季节的交替，植物们应该也都在进行调整，倒也不是浮躁，好像反而比较类似温吞，像是戴上了副还好眼镜，所有一切的看见，都是还好那样。

白露已第九天，窗外树叶片上的露水渐渐在清晨时分凝固成露珠，在洗完热水澡后的镜面上也是一片雾，凉风逐渐冷却这平凡的浪漫，同时昏昏欲睡的我似乎也即将被吹进多梦的睡眠。

依旧喜欢听下雨时轮胎在柏油路上转动，与雨水产生拖曳的气流声音，庆幸，熟悉的安慰在记忆里一直静好。

成年 §44

成年后的人其实没有比较复杂，

心里面在乎的不过只有那几样。

安全范围 §45

离开熟悉的安全范围，肠子是绷紧的，
大部分的时间，我比平常更在文字里，
我有一整天都待在房间里，坐在计算机前面生句子出来。
人们都嚷嚷着想要更多自由，却都怕孤独，
像是有条隐形的链把自己的脖子拴在各式各样的害怕里，
而害怕就需要超剂量的安全感才能将皱皱的恐惧熨烫整齐，
人们都在自行制造的不安里弄破伤口等待复原，
伤疤，谁人无。
行事历上标注的假期，
悄悄倾泻着，才将要开始又结束了，
不，其实哪里有开始或者结束之分呢？

搞不定　§46

每个人都有连自己都搞不定自己的时候。

镜子 §47

每个人都是另一个人的镜子，

我们透过彼此照映来认识自我，

站在镜子前面的不只是自己，

还有许多从我们生命里经过的人，

我们身上都有着彼此的局部。

肥皂 §48

假如快乐是块肥皂，那会是什么颜色的呢？又会是哪种味道?

反正泡沫一定要是很绵密的才行，才能洗去所有疲累以及清洁毛孔里的沮丧。

你是一块尚未拆封的肥皂，我却已沾染上你的清凉。

某某 §49

某些故事　某些情节

在某些地方重新上演

某些人曾经是某人的爱人

有一天我们都会忘记某某

有一天也都会被某某忘记

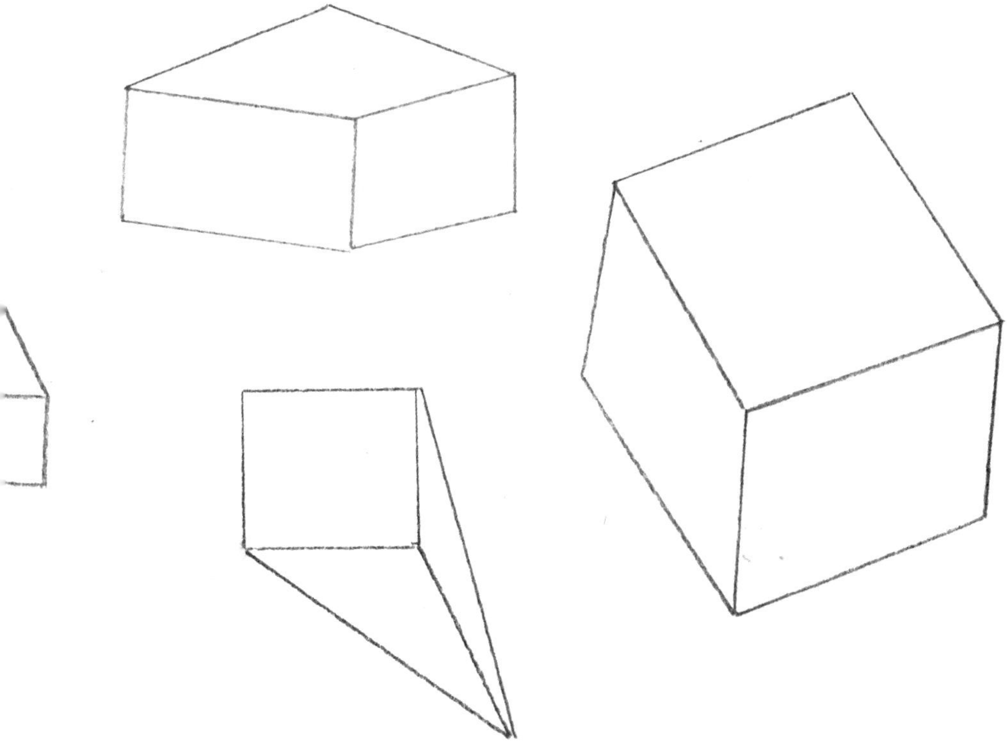

我们相视而笑，我们开心地拥抱，那边的时间没有重量……在准备醒来的前几分钟，我梦见你了。

那是个天气炎热的日子，有些人从大马路上的人孔盖穿了进去，就像九又四分之三月台般可以瞬间到达另外一个空间，他们的脸上毫无畏惧，自然地就消失在我眼前，我也照着做，然后就进到了一个已经是晚上的地方，那个房间是我的房间，可是我从来就没有住过这样的房间，旧旧的木头地板和温柔昏黄的灯光，一坐到床上的刹那，我突然意会到自己正在等人。

有个短发的女生开了门，她说房间里有小老鼠，便从某个角落拿起一个小碟子，果然那上面有几只刚出生，身体有点白白又粉红色的小老鼠，我很怕老鼠，可是她却要求我快往窗外丢掉，“可是这样他们会摔死吧……”“快点丢，这里还有几只！”我闭着眼睛把小老鼠们往下丢，准备回头去拿另外一碟小老鼠的时候，有只猫咪在窗外出现了！短发女生大喊：“它想要吃这些老鼠，你快点把这些老鼠给它吃。”但我很害怕，于是她冲向前去把小老鼠拿起来喂猫咪吃，但猫咪没有吃掉它们，只是塞在嘴巴里，我猜应该是要拿回去喂给它的小孩吃的。

因为太害怕了，所以我走到房间外面，我等的人出现了，我紧紧地抱住他，他把我抱起来，对着我开心地笑，我把头埋在他的肩膀上想平复自己刚刚所受到的惊吓，完全不想理会周遭任何的人。

他和朋友们道别之后，我们离开那个地方，我不知道要去哪里，我也不知道那是什么地方，只是跟着他走，当我们走到大马路上，有个人很大声地在发动摩托车，然后整个世界突然响起了 The Beatles 那首 *Come Together* 的前奏，我记得我还牵着他的手，但梦无法继续，于是我就醒来了。

蝴蝶 §51

它和其他的马不一样，因为它的眼睛灰灰蓝蓝又白白的，它好紧张，我一看见它的时候就蹲下来“不怕不怕，不怕哦，没事的，你好乖，好乖哦。”

我抱着它，摸摸它，我想让它知道我并没有恶意，而且喜欢它。

我牵着它的时候发现，它会刻意让自己的身体靠近我的腿，我才突然想到：“啊，它的眼睛是不是看不太到，是模糊的吧……”

我们走了几圈，我还是继续和它说话，但它一直要靠着我才会感到安全，如果要拍一些它距离我远一些的照片，它就开始紧张。

后来摄影师要求我慢慢地跑，于是它紧张得开始发出叫声，我停下脚步，它用蹄推着沙地，我感觉到它不开心了。

我继续和它说话，它好像也听不进去，它突然奔跑起来了，并且我拉不住手上的绳子，我看着它乱跑的样子，好心疼。

后来工作人员安抚它，它再次回到我身边，我靠着它的头，我让腿贴着它的身体，因为我知道它真的看不清楚，它好像只感觉到影子或是模糊的轮廓。

摄影师叫我把头抬起来，瞬间拍下的那张照片，是这次的封面。

我看见自己紧张却想要极力保护它而有点压抑的表情，可是表情里有一种爱，而那种爱里面又有一种我想要将它占为己有的霸道。

它的名字叫“蝴蝶”。

蝴蝶松开我的手那瞬间，我想起麦婉欣的电影，好多画面闪过，好多字闪过，我在下一个摄影师叫我跑的镜头里，跌倒了。

脚踝好痛，可是为什么心也在痛。

蝴蝶不能飞，就不自由了。

七月七日 §52

七月七日亲亲 day，你的头发你的脸，你的喉结你的肩，你的身体你的手，你的膝盖你的全部都被我用亲吻写下满满的情书。Crazy for lovin' you Crazy for lovin' you Crazy for lovin' you Crazy for lovin' you Crazy for lovin' you Crazy for lovin' you Crazy for lovin' you Crazy for lovin' you Crazy for lovin' you Crazy for lovin' you……

波士頓理

也能活 §53

多么混乱的人们和城市终究不断挤压而产生畸形的爱，

奇异的心脏渐渐肥大并且逐渐恶化到爱几乎是衰竭的。

整年快乐　§54

不要战争　即使是场硬仗

不要惧怕　即使失去勇气

不要冲动　即使状态模糊

不要悲伤　即使雨下不停

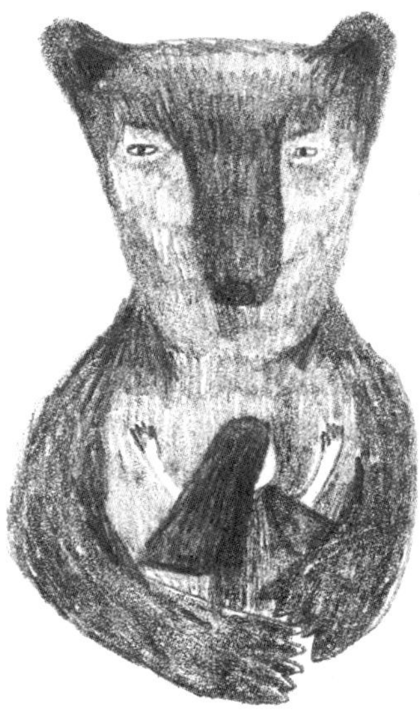

泡泡 §55

我今天和朋友讨论了“泡泡”，
他说泡泡虽然很美丽，可以到处飘浮，
但原来当泡泡跟泡泡相遇时，便会一起破灭，从此消失，
那能不能只当肥皂水，就可以永远在一起？

我洗澡的时候喜欢看着身上的泡泡，
随着光的角度而产生折射的颜色，淡淡的绿色、淡淡的紫色，
汗水和疲累溶在沐浴精里加上光等于泡泡的颜色。
泡泡和钻石因为光所折射出来的颜色其实很类似，
泡泡如果是固体，那应该就是钻石吧。
梦想是钻石吗？我觉得梦想在成为钻石前其实也是一堆泡泡。

“小王子说，只有幸运的人，知道他们在寻找什么。”
那么，幸运和不幸运要如何才能分辨呢？

这个下午我在寻找“温度”，

停车场有只狗狗从我面前经过，

我们对看了一眼，然后我确定我是最幸运的，

因为我感受到了“温度”。

小王子不也让我们知道，“真正重要的东西，是看不见的”。

回家后我在沙发上睡着了，到醒来我还在想什么是——永远在一起?

更上一层楼　§56

在他告诉我“你也是我成长的一部分”的时候，

瞬间我觉得自己变成楼梯让他踩着。

局部的人 §57

总是习惯待在家里并窝在沙发，不然就是在附近的街道逛逛及买点食物吃，下午茶和夜宵也都能在附近解决，我喜欢待在家。

以前我总认为机场是一个时髦的场所，我常常羡慕奶奶能和她的姊妹们去旅行，我和妹妹及爷爷在家里等待她带着一卷卷底片回来冲洗，再与我们分享。

去机场的人都会穿得很正式，去机场的人都会搽上一点儿腮红，机场里卖的东西都比较贵，机场里有混合的香水味，机场里有一堆听不懂的语言，在机场就是要点咖啡比较适合，在机场很适合耍帅和假笑，总之我现在觉得机场是一个情绪很复杂的地方，许多精彩不精彩的情节，日日在上演。

我的第一本护照即将要盖满了出入关的章，每一页都蛮精彩的，不过似乎不是因为去了哪个国家，因为我已经习惯待在家，习惯待在自己心里，去哪里对我来说都一样，甚至是时差或纬度，唯一只会记得当时谁是我的爱人。

而爱人哪，在下一页尚未盖满前就成为某人了，或鬼。

那种睹护照思情的复杂情绪，也是由海关先生一次一次确认过，当他低下头翻了翻再抬头看看你的脸，虽然是很安静的几秒钟，但在咔嗒一声盖章后的“谢谢！”仿佛替某人说出来般的那么小声且冷漠。

因为短暂，所以成为局部，

因为不知道什么是永远，所以什么都是短暂，

短暂的，却也变成一直存在着的局部。

Hot · Iced 45
Hot · Iced 70
Hot · Iced 80
Hot · Iced 80
Hot · Iced 80
Hot · Iced 80
Hot 70
TWININGS
皇家伯爵茶 Earl Grey Hot 70
菊香薄荷茶 Camomile & Spearmint Hot 70
四紅果茶 Four Red Fruits Hot 70
CASH ONLY
咖哩系列
120
主廚特餐
120
禁用外食

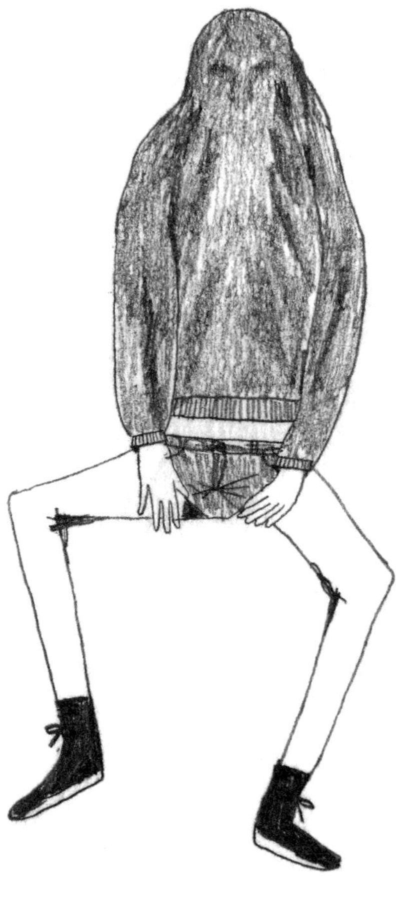

戒一个吻　§58

习惯晒月亮的人突然晒太阳会体温异常升高不降／／
动脉和意识需要蓄冷剂调节／暑气

昨天有人告诉我／薰衣草和虫是恋人
不管薰衣草去哪里／／虫都能找到他／／
真的／／是真的／／
因为他们曾经在我的衣橱里面谈过／恋爱

据说／／
放一小袋干掉了的薰衣草在身上／可以找到你的梦中情人

但／虫会先到

爱情花 §59

其实我现在应该要去睡觉，但还是觉得把感觉写下来好了。就像我刚要下楼的时候，还是回头看了她们一眼，心想，应该要拍下她们盛开的模样才对，她们这么努力的姿态，能维持多久呢。

原来这叫“爱情花”，我以为只是首歌。

我昨天一直说自己是棵树，因为我穿了咖啡色的裤子，又配上绿色加灰色的上衣，我有很多颜色的袜子，在挑选袜子的时候，我原本挑了橘色，橘色和绿色其实是很搭的，但是橘色容易抢了绿色的风采，所以最后我选紫色配绿色，因为这两个颜色搭着好和谐。

身体上的瘀血也是紫紫青青的，我身上也常常会有些忘记哪里来的瘀青，我偶尔会欣赏这种变化，一天一天变深，再一天一天地淡掉。原来新陈代谢和相爱也可以有关系，有的人新陈代谢好，很快就能忘记分开的痛，而新陈代谢差的人，只好慢慢地，等着痛慢慢褪色。

下次有人问我喜欢什么花，我要回答身体上的瘀青花，因为瘀青也是一种花。

他不再送我花，是因为他留了一个到现在都没有好的瘀青花在我内心的深处。

这种空白的香味的确比真正的花朵还要浓郁。

所以爱情花真的名副其实就应该是紫色的。

一直以为自己扮的是树，因为紫色的袜子，竟变成了颠倒的爱情花。

人，果然不能太自以为是，最常骗到自己的都是自己，
而且事情通常也不只是自己看到或想到的那样而已。

太多事情，我不了解，不能了解，也不用了解。

树皮　§60

黄玠去采购新衣，我说我们现在置装都不是置给别人看的了，
反而是为自己上台唱歌的时候能让自己开心。

他拿了新衣服给我看，袋子里全都是紫色和绿色的，真的全都是，
我笑了，这个人也想把自己打扮得和爱情花一样。

我听他说他的最近，他也放给我听他最近写的歌，我也是笑，
他和几年前的黄玠还是一样，依然渴望恋爱的男人，
他的歌里都充满了他的某个她和某个她的故事，
所以爱情花色实在也是适合他，他也是个瘀青都没好的人。

我们离题讨论过去这些日子商演和表演的底线，
我也继续和他说了一些零散的情节和零星的画面，
我不知道他懂不懂，但他说“我懂了。”

因为又做噩梦了，所以星期五的晚上，我想让自己力尽。

黄玠说他和我一样也是早上才睡觉的人，所以“走吧，去唱歌！”

他说自己六年没去唱K了，他也问我为什么还要去唱歌。
“我去唱歌，是喜欢去听别人唱一些我没听过的歌，有些奇怪又特别的歌词会突然打动我。”

其实每每进到包厢里都会有一种别人遗留的“空虚味”和“寂寞味”在里头， 我会习惯性地大笑让整个空间充满我的声音。
这样唱着别人的歌，我都没有感觉，我只是去发泄力气和情绪。
我认为声音的杂质可以在这时候被过滤掉一些。

同行的两个朋友，外表都很冷静，他们完全能抵挡任何人情绪上的暴冲，
这样相处起来也是有种安全感。

坐上出租车的时候，天亮了，洗好澡的时候，小鸟该唱歌了。

黄玠，这次会帮我写什么歌?

P.S.他身上穿着咖啡色的外套，他还帮外套取名字叫“树皮”，
我大笑到流眼泪地说：“可是‘屎水’也是咖啡色的。”

透明的森林　§61

早期电视节目会玩一种猜猜看的游戏，
会有几位明星一起吃同样的食物，
有极酸、极苦……一些极致的味觉，
然后再让人猜猜是哪一位明星尝到了。

吃到的那个人必须要尽力掩饰自己的无所谓和不在乎，
越让人猜不出来就表示那个人的演技越高超。

我想我的演技一定相当地愚拙，
以为搽上胭脂就能当面具吗?
是呀!
至少还能和妆（装）站在同一阵线。

你建立一大片透明的森林来隔绝我，
嗯，这也许就是当树的极致。

所以　远远地　望着你
比起你在我面前　还近

温柔的风景呀　我要　远远地　远远地　欣赏你

我是一团泡沫　一团可有可无的沫
是一个错　一个从你嘴里说出的错
一只优雅的刺猬　不懂为什么加油

你想我吗　我猜：
那不是我

我想你吗　请问：
我认识你吗？

但是　我爱你

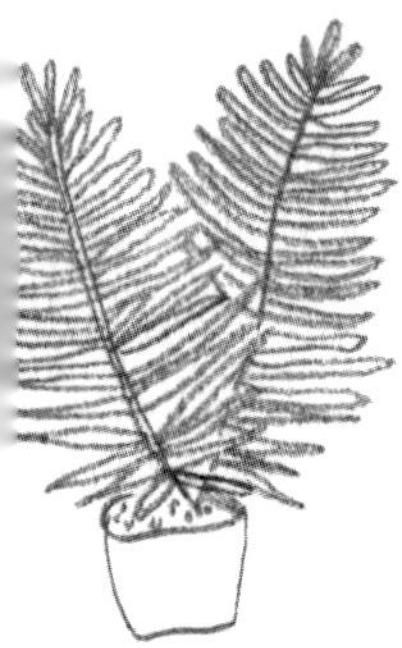

你好，陌生 §62

在他决定把她宠坏之后，

她还真的坏了，然后他就走了。

她知道，坏掉是早晚的事。

慢慢，反正丢给现实，把残局交给时间。

慢慢，反正会好……吗……吧……哦……

也许大部分的普通人在慢慢里得到了复原，

但某些人在几次自行拔掉呼吸管后再被，慢慢，插回去。

任何身体的痛永远都比不上慢慢，心痛。

她从来都不属于大部分的人，

那段日子她把自己完全摊开依赖于他，

现实和时间叫现在的她慢慢感到羞赧。

她，还能再相信谁呢?

但她仍躲在想象和现实的皱褶里，品尝剩下的那早已发霉的果核。

“那你到底想怎么样? ”她自问，然后揍自己一拳。

再问，再揍，再问，再揍，再问，再揍，直到昏厥。

慢慢，就会有穿着又冷又白的护士套装来到，摸摸她的头，淡淡地说：“他离开了，他说不可能，他点点头，他会过得很好，他……他……”直到她哭累了睡去。

她，困于慢慢的交战里。

你，好陌生，请继续地往前走，走啊。

不说话，好吗　§63

听某些有鼻音的人说话，身上好像会有薄荷牙膏的味道，但也有一靠近闻到的却是烟味，然后我就会闭气，或是淡淡的酒味……让脖子散发出一种红色的味道，有点香，但如果喝了清酒反而就会有芭乐的味道，变成发酵的酸味。

不管哪种味道或者是鼻腔共鸣对我来说那都是一种掩饰真实的谎话，一种进了别人家门才发现原来只是先进了玄关，还要脱下鞋子之后再需要等主人用钥匙把锁转开的情形，其后映入眼帘的就会有另外一种近乎真实又还不到真实的“哦，原来……”。人好像就是这样一层一层地在保护自己，那些秘密就像懒得折了的衣服，随性揉烂直接塞进抽屉，暂时挤在一些衣橱的角落。别以为你了解他了，其实你只到他让你歇息的阳台喝他特调的饮料罢了。

有时我太注意别人说话的声音的时候，完全会忘了要在乎对方说话的内容，我喜欢欣赏他们脸部表情的变化，也会观察左右两边眼睛或脸颊的不同，那些脖子扭动和手发生关系的姿势，以及脸上的痣和身上的味道都好有趣，这种情形会发生在，我特别喜欢这个人以及我就是不喜欢这个人这两种情况下，没有感觉的，嗯……就是没有感觉。

有些人说的话完全不在你能理解的范围内，就会很想把他关成静音；有些人说的话就算你完全听不明白还是会很想听下去（可能长得可爱）。但是原本你很想听下去的有一天突然静音了，刹时你会以为自己耳朵有问题还是遥控器坏掉，然后再要习惯用另一种方式，又远又近地透过荧幕继续关注。

那些很想关成静音的却像麻雀不停地叽里呱啦，总在对的时间说不对的话，总是在背后说夸张的闲话，偶尔还要送上有自信却无辜的那种邪恶眼神……我们每天都交换着血液里的输送，一段段的文字是一粒粒新鲜的血球，听谁说自从谁停止和谁说话后，谁就贫血了。

虽然言语的波浪永远在我们上面喧哗，而我们的深处却永远是沉默的。——纪伯伦 《沙与沫》

四点十四分　§64

她把手指放在浴缸的水里当成金鱼游过来游过去，

感受阻力的和谐，

她将身体浸到水里听隔绝的声音，

影子的声音，

水……

凉了，

再热的身体也没有办法使水变热，

水……

冷到让她发抖了，

她的身体还是热的，她醒了……

love

刀 §65

她身高比我高一点，她在裤子里（肚脐的位置）放了好多餐具，最后拿出来的是两把切牛排的刀，她隔着纱门就站在我的面前，她想把我杀了。我看着她手上一左一右的刀，似乎下一秒钟就快要刺进我的脖子，站在我旁边的那位女士是她的母亲，以她瞪着我和喘气的程度看来应该是害怕我对这女士有任何轻举妄动。我知道自己在梦里，所以用力把眼睛张开，醒来……她来梦里找我就是为了要杀我，还是那两把刀的威胁是一个警告?

“任何属于我的，甚至是连你不相干的范围里的一切都别碰。”我应该接受这个警告或者奋力一搏？我向来都习惯接受然后转……但是，刀，谁没有?

长大了　§66

照片里的那个孩子在笑，突然想起……她其实很多心事很多秘密，那一年是很不快乐的一年。

左眼动完手术才刚适应新的焦距没多久，终于可以每天都和爸爸一起生活，因为是转学生所以和大家都不太熟悉，班导师很喜欢东摸西摸女同学，我喜欢班上的一个男同学，他都叫我大便，他联合其他男同学一起拿扫把在我背后打我，买了整人玩具的假大便涂满我的课桌椅，后来爸爸来学校理论我还保护那个男同学，心情差功课也差，自己在成绩单上涂修正液改名次，再重新影印一份就和新的一样再拿回家，学大人的笔迹然后自己签名。

常常做噩梦，开始觉得辣椒蛮好吃的，额头上长了痘痘还有点骄傲，上课上到一半月经突然来了吓死我，感觉很糗。家里有一只狗叫吉利，去逛夜市买来的很爱吃的狗叫多多，一只黄色的大鹦鹉，在去学校路上捡到黑色的兔子带回家养后来屁股喷血死了，生活工场买来的彩色幸运石也没有让我变幸运。

早上的电影台都会播一些限制级很色情的电影，我和妹妹一起看完然后走路去学校，欠便利商店一元心中很害怕被抓去警察局，隔天还了一元给店员被他大大地称赞，哈。功课不好被爸爸打到腿上都一条一条的瘀血，棍子也被打断了。楼下的管理员从后面抱我还摸我的胸部，我吓到回家才敢哭。晨跑的人跑一跑突然脱下红色短裤给我和妹妹看他的生殖器。补习班的老师很喜欢吃炸得不要太熟的鸡心，我也觉得好好吃。家里楼下的小歇珍珠奶茶好好喝，肉羹米粉和鹅肉面也好好吃。当时很流行夹娃娃的机器，我竟然夹到了一只手表觉得自己也太强了一点。常常躲在棉被里面哭到睡着，很生气很生气，我每天都好想快点长大！

爸爸在电梯里面问我和妹妹一个问题："你们觉得我要结婚吗？"我想了想然后说："嗯，……要，因为肚子里面的小孩才不会跟我们一样。"我回到房间静静地哭了，因为其实不想爸爸结婚。

后来又多念了半年中学，就被奶奶接回去和爷爷他们一起住。

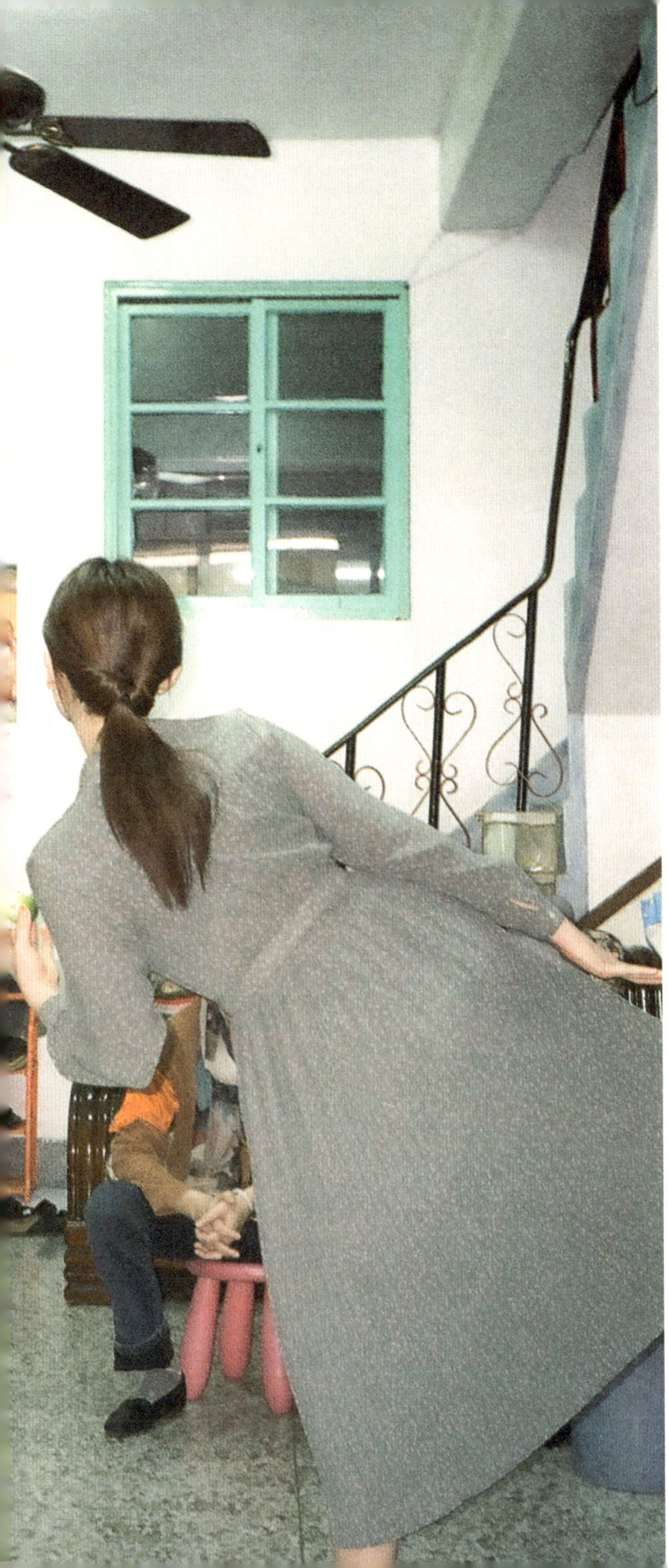

嘘　§67

那是一盒极难拥有又不知道价格的糖果。我们不小心得到了这一盒不知道可以吃多久的糖，里头到底有多少颗也瞧不见，也不能告诉别人有多好吃。很奇怪的味道……记忆里也许曾经有过这样的味道，但因为太特别了，所以也相当耐人寻味，我们吃了又吃，就像上了瘾似的很想把所有糖果全都吃掉。不单只是甜甜的，太甜又反而腻，光是盒子就香香的很诱人，那味道如果要形容的话，大概就是许多美食专家都说过的那句“仿佛让人溺在热恋里头的滋味”。忍着不吃，不能，吃不到会很想吃，但又不能吃多，所以有时候舔了几口，再放着，有时候含着久一点，再收好。不能告诉别人有多好吃，因为我们就只有这一盒，不知道还剩几颗也不知道什么时候会吃完，或被偷走，或……干脆丢掉。连会不会过期也不晓得。（嘘……）喝水！

世界尽头 §68

我穿着绿色的毛衣，躺卧在旅馆柔软的床铺，
看着窗外有时突然下雨又有时突然出太阳，
在『世界尽头』散步的感觉很好，这里算是适合居住的城市，
享受安静独处的同时，拍下沿途无法直达内心的风光。
还是得需要听听音乐、看看诗，否则会觉得自己面目可憎……

回收 §69

她带着一大袋宝特瓶离开他，
她跟着一起即将被压扁回收。

希望别再梦见你　　§70

她睁开眼睛的那刻，眼角没有泪水，却下意识地试图要擦掉刚才在梦里哭过的痕迹，可能是因为当时分开得突然，后遗症的惊吓过度就是只能在充满浅意识的梦里得到慰藉，一切都得自己找答案，其实哪来的答案，说穿了只是自己骗自己的假设。

你住的公寓多了一个房间，多了一个大阳台还多了一个女孩，我熟悉地走进厕所，想检查我的牙刷是否还在，扑鼻而来的洗发精香味已经证明她的地位，我低着头假装没事想离开，但她为何带着好奇的笑意看着我？你侧身背对着我，在我走出去之前我还是回头抱了你，还亲吻了你的手臂。

希望别再梦见你了，醒来只有不舍和遗憾。

希望还能再梦见你，渴望我们很好地抱着。

“别说，别说，别说，只要拥抱我，拥抱我，拥抱我……”

不确定你是不是在我想念你的时候也想念着我，

但确定的是有人陪伴我，这样我就不怕寂寞了。

标点符号 §71

躺在花的上面感受着颜色一片一片从空隙飞出来　窗户外麻雀站在电线杆上　不停地开会　不停地争吵　主要是在探讨每天要吃几颗石头才够　阳光是用洒的　透过木头玻璃窗户　仿佛味道也就飘开了　是霉　是昨晚下过雨后渗出来的香水味　上面的寄生虫爱死了这个雨天的味道　而我　不是虫所以爱秋天的晴天　黑色玻璃配合银色的四边铁角　白色蕾丝垫在转圈号码的电话下面　整个头已经贴在玻璃上了　手臂被线圈圈没有力气　脚也无法支撑　像馒头一样看起来很膨　可是　是软的　是你的诡计哦　真是高招离开你之后　头的容量变小变小再变小　忘东忘西忘北忘南　去告诉他我惊到了　因为梦里的画面重复地不停地播放连音乐都每秒配好好地出声　是买的到原声带吗　还是这是一个游戏　谁能把在梦里记得的歌写出来　赢　谁能假装没事　精神奕奕地骗肖过生活　赢　是很好玩啊　可是奖品是什么呢告诉我　要玩到什么时候才能 干干净净　砰　你输了哦　通通的东西都交出来　衣服也不要穿了　走　这样光溜溜的　好凉　到底脚踮起来有比较厉害吗　还不是一样　都交了　都交出去了　只有你的味道我没交　在心脏和肩膀中间的这部分　浓浓的　砰　气球破了　鲜红色的一滴滴浓稠的　随着线流下　整个地板　很美　很恶心　微微的风从头上掠过　麻雀还在讨论

眼睛张开的白蓝　配合花毯在闪耀　奔驰而去的野狼　吠了几声　夜　装扮成的黑色翅膀　在日短暂的消失　寄生虫在嘲笑我　都是圆的　画了一圈还是回到起点　那杯葡萄酒被撞倒　太阳就洒出来了　品尝的就只有蒸发过后那一点点　香

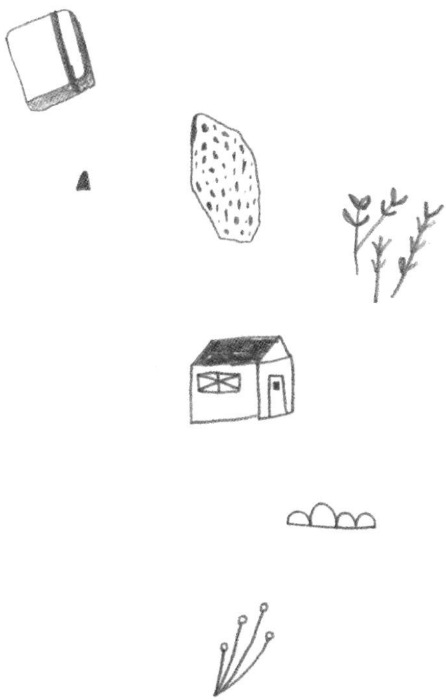

迷恋　§72

若不把迷恋拾起，

时间终将使之成为枯叶，

于是踏着叶落，

一遍又一遍地反复沉浸在我和你的轻声细语中。

才华　§73

会读书的人不一定很有才华，
但读很多书本身就是一种才华。

有才华的人不一定懂得谈恋爱，
会谈恋爱也不一定懂得爱人。

爱人是一种才华，
无关那个人爱不爱你。

有才华的人不一定会过生活，
但是会过生活的人通常都很有才华。

色票　§74

电影不再是用胶卷也不再是用数位播放，而是变成一小盒奶油直接倒进机器里，当我还在思考那要怎么倒带和快转的时候，影片已经开始放映。醒来之后一直想去买Pantone色票，只是因为昨天在梦里面的我缺了那样东西，而且很需要……我开始怀疑起家里有多少东西是梦里面的我要的，而不是真正的我要的。

P.S.快要进到梦里面的时候，我确定梦里的我正在听古典爵士乐，当我想听得更多的同时却也进入更深的睡眠，就什么也听不到了。

絮　§75

1. 你说：只要留一盏灯给你，你就会在。
而我多么不情愿地看着那只是一个在灯下的影子，我却被轮廓里的黑暗深深吸引。

2. 注视你的双眼，我就能写很多字，微微露齿的嘴唇，没有原因地喜欢，光是看着你便会着迷。

3. 傍晚前，我们一起洗涤衣物，洗掉忧郁的尘，烘干烦恼的雾，一堆温热的勇气在夜晚再度复活了。

4. 我躺卧在沙发偏左的位置，欣赏你在高脚椅上唱歌，这闪烁的夜是我们的家庭式演唱会。

5. 手里接过了一朵你从阳台摘下的小花，全世界最美的。

6. 确认你已经睡着了的下一秒我才入睡，醒来后眼睛睁开第一件事情就是找你的嘴来亲。

7. 如果你是那只爱乱吐丝的蜘蛛，我会等你准备来吃掉我的时候抢先把你给吃了。

8. 喂你吃零食喂到我连手指头都会融化。

9. 你像一本我从来没有阅读过的书，使我不断地想发问，问到天都亮了、小鸟都起来了、楼下陌生的邻居全都刷牙洗脸完毕出门了，我还想继续听你说话。

10. 我的指甲在抚摸你背脊的时候，像是嫩草陷进肉的沼泽里。

11. 能不能抽烟给我看？看你如何吸吮一根烟就知道你如何依赖一个女人。

12. 在你的房间里有没有住我？即使我们睡在一起。

13. 你说：“这个家不适合养小孩。”那我们搬家吧，去生一个我们的小孩。

14. 最适合娶回家的星座：天秤座。

15. 恋爱万岁。

Déjà vu §76

自己的大脑真的是会骗自己的吗?

维基百科上Déjà vu被译为“幻觉记忆”，指人在清醒的状态下第一次见到某场景却感到“似曾相识”。

前天晚上突然有三到五秒的Déjà vu，瞬间都吓出眼泪了，当下是如此真实以及震撼，那千真万确就是我曾经做梦梦到过的场景啊，“脑科学界普遍认为这是因为记忆的存储出现了短暂的混乱，导致大脑把刚刚得到的信息当成了久远的回忆。”但是这个梦是不久前的梦，梦里面的某些人甚至常常出现在我的梦里。自己的大脑真的是会骗自己的吗……对于在梦里反复出现的人，好像总是会产生特别的熟悉和亲切感……当Déjà vu消失后，紧接而来的感觉仍然带着奇幻，像是在电影里即将要开始下一个Chapter那样。

但是却开始睡不好了，一直不断地醒来，那已经被翻页的记忆似乎长出许多只小手，在纸张下不断地敲打、不断地提醒你，故事还没写完呢。但我选择用力地压，如果故事是必须被完成的，生命会用尽各式各样的方法让故事继续写出来。

单纯与复杂 §77

复杂与单纯或许是一种习惯问题。

单纯的继续单纯，
复杂的不知道自己已经复杂，
还认为单纯……有点奇怪。

其实说穿了也就只是不习惯而已。

好吗好吗 §78

我要把对你的思念写下来，
不然哪一天忘记了怎么办？

小小旅行　§79

用舒服的姿势允许身体在地板上感受一个奇妙的距离，
多一点就破坏美好，少一点就不存在了。

一起把眼睛闭上，不说话
的时候有种比 2 号香味更愉悦的氛围，
公寓都变成芬芳的宇宙。

你去了夏威夷，
我在赫尔辛基，
一趟小小的原地旅行。

献给有个女孩 §80

她在睡前一定浏览过他所有的消息之后才入睡，甚至在起床后的香氛沐浴都是为了今天要见上他一面，那早已挑选好的洋装或许是售货员用赞美的声调拐骗着“好适合你哦”而增加的自信，她渴望到时候他能够多看自己一眼，她想要占有他比别人多一点点。

像个猎人般等候着，突然心跳开始加速于是冲过人群向前奔跑，眼里没有其他障碍物，只有“他”在发着光，她将他视为青春里最重要的支柱，练习为爱人付出（练习装扮、练习温柔、练习人际关系、练习……），那种不求回报的，她想要证明自己是有一点点不同的，所以专情自己挑选得最适合当交往对象的那个他，尽情在范围里全力以赴，那的的确确是爱呀。

她可以不在乎别人的眼光，只要“他”能够看着自己的眼睛说几句话就足够了，那在家里演练好的、不经意的触碰也在某一刻实现了，随之而来的在快乐里晕眩、在想象里翻滚，她也能保持最大的稳定和冷静，因为得确定自己和别人有一点点不一样（连说出来的话也要有一点点特殊才可以），这是属于她的勇敢。

她的相信带给自己最美好的期待，即使可能不会有任何结果，虽然她的相信是任性又霸道的却也是种甜如蜜，虽然有时独自哭泣了，有时也独自愤怒着，女孩啊女孩要小心，感性和性感是不一样的，感性和理性也是不同的，只要小心就不会不小心了，所以女孩啊女孩要记得小心。

每个女孩不也曾这样恋慕着谁吗？女孩总会长大的，会的，我相信你有一天会幸福的。

你好吗　§81

比起“我爱你”，
有一些人还是比较适合对他说“你好吗？”
就好。

虽然明明心里比较想说的是“我爱你”，
但还是“你好吗？”
就好。

你好吗?
其实我也不想知道，我好
就好

我好吗？反正
比你好。

我很好 §82

被疯狂陨石击中后的脑震荡就像醒不来的宿醉，

醉翁之意不在酒，

在乎山水之间也，

脑壳的凹陷虽无法复原，

掩人耳目的诗体却是最美的后遗症，

一首又一首的追思文，

全都消失在云里了。

谢谢你们，

我很好，

谢谢你们让我知道，

我真的很好。

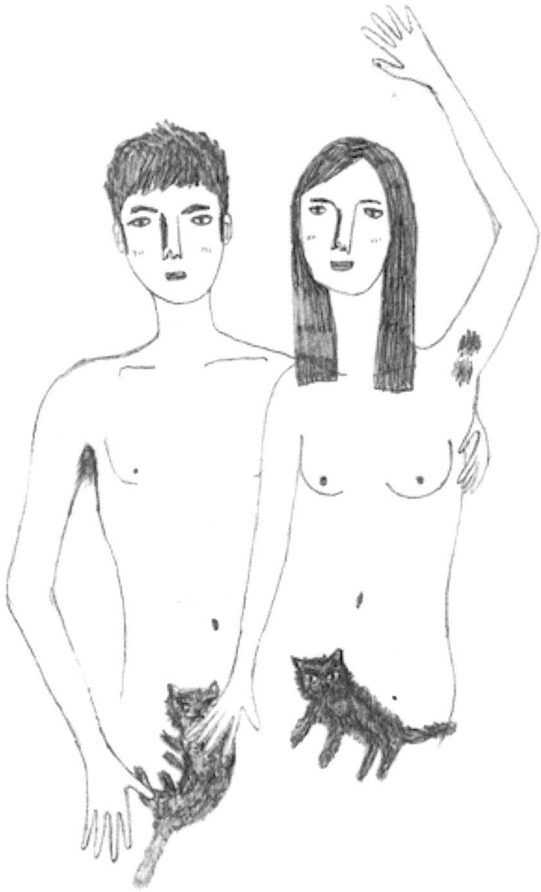

我爱你 §83

真心地说出“我爱你”的时候
喉咙会害羞得变小
真心的“我爱你”很胖又很重
所以说出来就
会有点抖抖的
我爱你不能乱说
但是不能不敢说

拥抱的香料　§84

我想在声音里放进一种叫拥抱的香料。

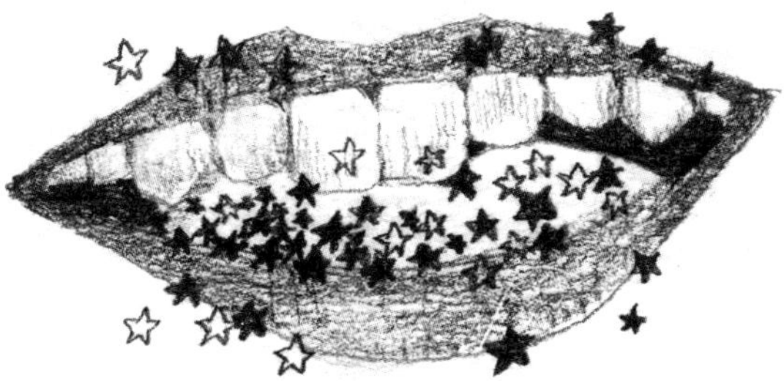

奶奶的睡衣　§85

小学的时候奶奶亲手帮我做了一件睡衣，

下摆有荷叶边的那种，滑滑的布料而且是咖啡色花纹，

我觉得很漂亮，穿起来也很舒服，

总是让我想穿出门炫耀给同学及邻居看看。

慢慢长大之后就没有穿睡衣的习惯了，

基本上就是乱穿，穿一些起了毛球或染到色的大件旧 T 恤，

反正睡觉随便穿什么也无所谓，

我想大部分的人应该都是这样想的吧。

“晚安晚安”是我一边洗澡一边哭着写出来的歌，

一首充满想念的歌，后来很多人听到这首歌也都流眼泪了，

那些眼泪里面一滴一滴都是“我”“好”“想”“你”吧。

以前听到“晚安”会想到百货公司要下班了的时候，

现在听到“晚安”是渴望地想听到对方也能回应你一声“晚安！”

我有几个要好的友人，我们常常会在睡前在手机里留下晚安的信息，

你会知道他在几点的时候睡了，虽然友人在不同的国家会有时差，

但是一句晚安就能把距离拉得很近很近，

当然也不只是晚安，也有嘻嘻哈哈和乱七八糟的聊天，

也有一边哭一边按着手机跟他们说我怎么怎么了的时候，

我依赖着他们，也许有时只是几个小图案，就已经很窝心，

谢谢他们如此疼我，我也那么在乎他们及爱他们！

“说晚安如果变成了习惯一定比我爱你还难戒。”

睡觉前的晚安和睡前的照片，

对我而言似乎已经变成一种安全感，

朋友的照片里总是穿着睡衣，

我觉得和朋友多一点一样的感觉就好像靠近一点点，

所以我去买了睡衣，我渐渐开始喜欢穿睡衣睡觉。

§86

猫养我

不是我养猫，是猫养我。

梦住民　§87

我梦到自己在类似仁爱圆环的户外当 DJ，我还对着麦克风跟听众说“好热”，天空是深蓝色的，有薄薄的云并且阳光灿烂，中间那一圈不是美化的植物了，变成种了各式各样蔬菜的园子，还有藤椅可以让人坐着聊天，但只有外国人敢坐在那里，其他原住民比较害羞，不敢坐在圆环中间。

后来出现了很多受伤的小动物，有狗、有蛇但没有猫，全都被一位先生给收养了，他还把手指给蛇咬，他说只要小心不要被牙齿咬到就好，他喜欢被蛇咬到的感觉……动物们准备被轮流带去洗澡，后来出现了一只黑猩猩，长得好凶好可怕，而且有攻击性，原本我吓到想睁开眼睛醒来，可是睁了两次还醒不来。后来有个小女孩告诉黑猩猩我是好人之后，它就没有再靠近我了，但还是保持着距离，这里被收留的动物脾气好像都很暴躁，或者这是一种保护机制吧。

我跟动物们被带去一个家，我也被收留了，但我不知道自己哪里受伤，我跟狗狗玩耍到一半，觉得窗户外有不对劲的事情，靠近一看，看到黑猩猩站在别人家门口，它好像发现了什么。结果两个像侦探的人，他们穿着风衣冲出来，往旁边的电箱冲，一边大叫一边把衬衫撕开直接让电流冲进心脏，当场倒下死亡了。我当下的想法是他们是来自未来的人，穿越时间与空间为了改变什么事情，他们可能没有死，要这样做才能回到他们来的地方，或进行下一个任务。

我走出去看，看到了四只非常巨大的白毛长颈龙，它们脖子太长了，所以趴在地上休息，光是脖子的长度大概就超过三米，原来这是载刚刚那两个人来的马车……不对，是龙车，它们看起来很累。

再走出去一点有个市集，一个很可爱、戴着帽子的短发女孩突然骑着脚踏车出现，她准备要带白色长颈龙离开，我还在想她这么小一个要怎么带它们走的时候，她回头对我笑了一下，然后我就醒来了。

飞鸟　§88

每个人也许都期许自己能像飞鸟般飞得高高的，
但是并不是飞得越高就代表越好。
而是在应该要飞的时候，不要忘记张开翅膀！

价值　§89

如果你看到别人是可爱的，那你自己一定也是可爱的；
如果你看到别人有价值，你一定也是一个有价值的人。

好玩　§90

突然想起自己以前上台都要带椅子，

不会站着唱歌的那个样子。

以为拿着一大堆印着歌词的纸上台唱歌，

就可以避免和观众眼神接触。

虽然现在手有时候也会不知道往哪里摆，

脚也是僵僵硬硬的，有时还会干脆放弃就立正算了。

但是已经可以站着唱歌不会紧张到整个人都在颤抖，

或害怕就随地坐下来。

不敢看台下的眼睛就把自己的眼睛闭起来，

这样比较不会忘词。

我真的曾很胆小，

但现在竟大胆到敢说台下的人“你们讲话很大声耶！”

现在我也蛮喜欢收集从台上往下看的脸们，

有呆滞的有傻笑的有发呆的有偷挖鼻孔的有讲悄悄话的

有闭着眼睛的有打哈欠的有哭的有瞪人的有接吻的……

（我常常在想有没有人现在就在偷放屁这件事情。）

唱歌，真的比想象中难玩，

但是那些更多更多我根本没想过的，

其实，有点好玩。

不接电话的时候　§91

电话如果打不通的时候，你会不会有点紧张?

尤其是打给在你心里很重要的人。

电话如果打通了，但是一直都没有人接，

你会不会开始胡思乱想?

尤其是已经传了短信确定对方也看见了。

这种经验谁没有，

而且谁也都有不接谁的电话的时候。

陌生的天使们　§92

谁谈恋爱会先做好分手的准备?
虽然生命只是个月台,
你来的目的就是离开。
我最讨厌告别,
所以每一次排练就先释放一些舍不得,
而我现在鸵鸟心态地先假装忘记演完了,
假装先忘记就能让自己渐渐接受,
发现当身边一个一个的都接受的时候,
我就能面对了。
一直笑是因为一哭就会想哭下去
直到游泳池的水满位那样的不亦乐乎,
有一天我们都会遗忘的,
而那些遗忘的也将会不再重要,
幸好,我早就记得了该记得的。
就好像只要一下雨,我就会想起我的毛毛兔,
又或许是毛毛兔提醒我必须想念她?
晚安了,陌生的天使们。

不一定要把书看完 §93

放一本喜欢的书在包包里，大部分的人是想快快读完，但有可能是为了无聊的时候可以拿起来随意乱翻，也有可能是为了撑住比较软的袋子，形状会比较好看、书放在包包里可以暂时充当分隔线。除了有时候书里头竟会跳出符合当时情况的文字来解决疑惑之外，有时候带着书，身体会自动进入作者想要给读者的一种看不见的对话，就像是坐在电视机前面太久，电视会吸走你的聪明一样。

不一定要把书看完，我曾经打开过一本书三秒，觉得都是眼泪，许久都不敢再把书打开，某个失眠夜晚又突然想到，这次维持了三分钟，但怎么读就是读不进去，只好闻闻纸的味道又再度把这本眼泪书搁在角落。

护唇膏还没用完就又不小心会再买一个新的，护唇膏好像永远都用不完，通常我会随身带着一个，除了用来滋润嘴唇之外，它也提醒我任何从嘴巴说出口的话都要再想一想，是不是这些话同时也能滋润别人。

随身带着一本书，用手感觉、用身体感觉、用带着这本书去到的任何地方以及发生的事情来感觉，渐渐地会开始发现带着某本书会特别幸运或倒霉，这句话当然是吓唬人的，但“感觉”是很特别的，那是不一定要把书看完就可以交换到的礼物。

双人舞 §94

他脱下衬衫

让她躲进他的臂弯

他们走进雨里

快乐得像在晒太阳

若亲吻会留下记号

他们脸颊已经疯狂

若想象像头发一样慢慢变长

他们已经能编上好几条麻花

海浪的风沾满发丝

满地笑声穿过脚趾

在那栋有着喷泉的小大厦

他咀嚼食物灿烂的脸

她瞬间变成狗狗的双眼

在那栋不是度假的小旅店

他穿上外套

让她埋进他的臂弯

他们弯腰他们抱紧

他们交叉他们提醒

当黑夜来临

将再次分离

功能 §95

有些人的声音或是有些人的歌听了就是会通体舒畅，当下就会觉得还好我还活着才听得到。

有些人的长相或有些人的笑容看了就是会想跟着他一起笑，即使没什么好笑或是根本不认识人家又或者关我屁事，但是幸好我还可以感受到快乐，然后觉得好幸福。

希望我也能提供这种功能。

狐狸尾巴　§96

自私就像狐狸尾巴一样，不小心就露出来了。

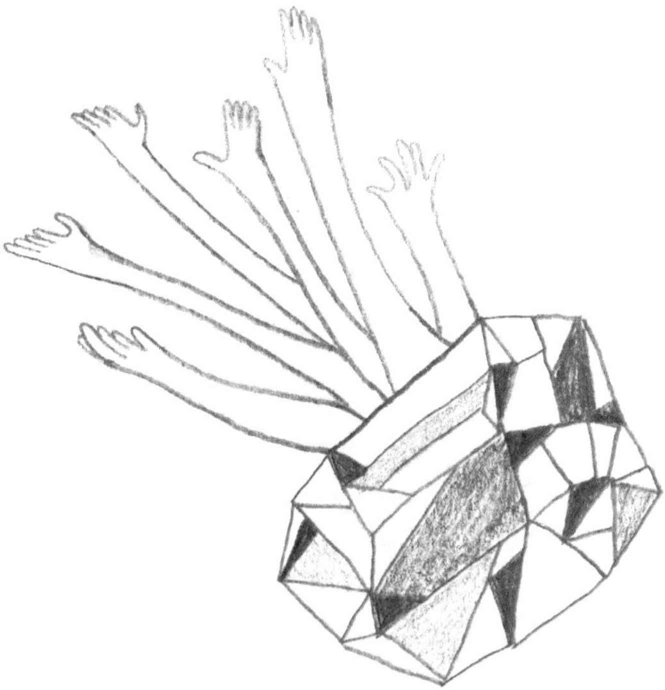

有效期限 §97

未来总是充满太多的未知，

甚至都已经过去的到现在也还可能是无知。

爱情加上时间这个角色就成了命运，

而有效日期任何爱人都无从得知……

捉迷糖，捉迷藏　§98

捉迷糖不吃会过期，吃掉也不会消失，

也只有融化了，才能品尝其中酸甜，

不能被遗忘的其实可以遗忘，

渴望自由到最后我们却在限制里才学会飞翔。

与夜晚竞争的日光灯　§99

水银
有毒
阻碍
线圈

惰性
气体
辉光
放电

两极
接触
断开
加速

跳泡
瞬间
高压
闪烁

抬头
看见
一层
薄膜

在黑暗中或许我们会
因为失去亮光而失误，
但有时也因为过量的
亮光才导致看不清楚。

想念　§100

想念像一粒一粒的盐，
想念久了就越来越咸。

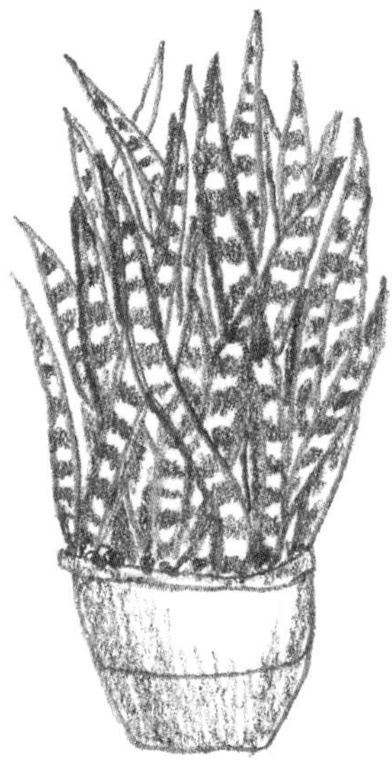

不过 §101

快乐或悲伤

只不过是一种感觉

尽管像抽取式卫生纸

不管怎么抽都会有下一包

言花

言之有花，这是一种想象，当所有来不及说出来以及说不出来的话都被丢进湖里。

湖是洼地中相对静止、有一定面积，不与海洋发生直接联系的水体，这暂时性存在的水体，也许会因为泥沙淤积，最终成为沼泽或者慢慢形成陆地。

这些被丢弃在湖里的文字，维持着自成一格的生态系统，拆解语气、重新描述对象、不规则的研究感情，因而建构出特殊的意义及图像，原已冷却的热情被溶解再次变回固体，秘密结晶此时即自然生成。

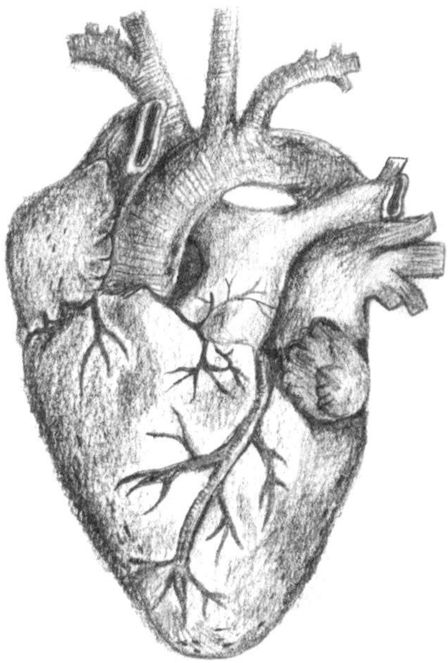

图书在版编目（CIP）数据

言花 / 魏如萱著. — 北京 ：中国友谊出版公司，
2016.5
ISBN 978-7-5057-3630-6

Ⅰ. ①言… Ⅱ. ①魏… Ⅲ. ①随笔－作品集－中国－
当代 Ⅳ. ①I267.1

中国版本图书馆CIP数据核字(2015)第272480号

图字：01-2015-7427

书名 言花
作者 魏如萱
出版 中国友谊出版公司
发行 中国友谊出版公司
经销 新华书店
印刷 北京市雅迪彩色印刷有限公司
规格 880×1230毫米 32开
7印张 23千字
版次 2016年5月第1版
印次 2016年5月第1次印刷
书号 978-7-5057-3630-6
定价 39.80元
地址 北京市朝阳区西坝河南里17号楼
邮编 100028
电话 （010）64668676

如发现图书质量问题，可联系调换。质量投诉电话：010-82069336